Doces Receitas

PARA FAZER A DOIS

BOCCATO BOOKS

Cozinhar já é uma delícia, e dividir a cozinha com quem você ama pode tornar o momento ainda mais especial. E essa é a ideia deste livro: trazer doces receitas com Sonho de Valsa para que você aproveite cada momento desta experiência junto com seu amor.

As receitas foram estruturadas para serem feitas por duas pessoas, cada uma contribuindo na preparação de doces deliciosos com Sonho de Valsa. E o melhor é saborear juntinhos!

Aproveite pra convidar alguém muito especial para dividir esse momento com você. Afinal, tudo que é feito com amor fica mais gostoso.

Pense menos, ame mais.

ÍNDICE

PAVÊ SONHO DE VALSA COM MORANGO 6

CHEESECAKE DE AMOR 8

MIL FOLHAS COM FIOS DE OVOS 10

 TIRAMISU NA TAÇA 12

CUPLOVE 16

SONHO DE CHOCOLATE QUENTE 18

CREME DE LIMÃO COM FAROFINHA DOCE 20

BRIOCHE DELÍCIA 22

MINI PUDIM DO AMOR 26

PASTEL RECHEADO DE SONHO 28

SANDUÍCHE DE SORVETE 30

ESCONDIDINHO DE VALSA 32

BRIGADEIRÃO 36

CESTINHA DE BOMBOM 38

MILK-SHAKE MAIS AMOR 40

TORTA DE NOZES 42

CHARLOTTE 46

MUFFINS DOS APAIXONADOS 48

ICE CREAM CHEESE 50

CRUMBLE DE PERAS 52

TORTA MOUSSE ROMÂNTICA 56

PROFITEROLIS AGARRADINHOS 58

NAKED CAKE SONHO DE VALSA 60

PANETONE ENAMORADO 62

Pavê Sonho de Valsa com Morango

🕐 **TEMPO DE PREPARO** 4 HORAS E 50 MINUTOS   ✖ **RENDIMENTO** 12 PORÇÕES

INGREDIENTES

Creme
1 lata de leite condensado
2 gemas
1 e 1/2 xícara (chá) de leite
2 colheres (sopa) de amido de milho
1 lata de creme de leite sem soro

Ganache
100 g de creme de leite
200 g de chocolate ao leite picado

Outros Recheios
2 caixas de biscoito tipo champanhe
Leite para umedecer o biscoito
20 bombons Sonho de Valsa picados
3 xícaras (chá) de morangos cortados em fatias
1 e 1/2 xícara (chá) de chantili

MODO DE PREPARO

Você: Você será responsável pelo creme desse delicioso pavê. Em uma panela, coloque o leite condensado, as gemas, o leite e o amido de milho. Leve ao fogo, mexendo sempre, até ferver e engrossar. Desligue, espere amornar e misture o creme de leite.

Seu amor: Você irá preparar a ganache do pavê. Aqueça o creme de leite junto com o chocolate, no micro-ondas, por 1 minuto. Mexa até formar um creme homogêneo.

Você: Em um refratário, coloque metade dos biscoitos champanhe umedecidos no leite.

Seu amor: Espalhe metade do creme, metade da ganache, metade dos bombons Sonho de Valsa e metade dos morangos em cima dos biscoitos de champanhe do refratário. Repita as camadas e finalize com o chantili. Leve à geladeira por 4 horas.

Você + Seu amor: Aproveitem esse tempo para programarem as próximas férias. Escolham um destino bem romântico.

Você + Seu amor: Se deliciem com essa sobremesa gelada.

Cheesecake de Amor

TEMPO DE PREPARO 6 HORAS E 25 MINUTOS **RENDIMENTO** 8 PORÇÕES

INGREDIENTES

1 garrafa de creme de leite fresco (500 ml)
2 potes de *cream cheese* (300 g)
1 e 1/2 xícara (chá) de açúcar
6 folhas de gelatina incolor sem sabor
5 colheres (sopa) de água
1 pão-de-ló redondo fino
8 bombons Sonho de Valsa

Calda

1/2 caixa de morangos picados
100 g de framboesas frescas ou congeladas
100 g de mirtilos frescos ou congelados
1/2 xícara (chá) de suco de uva concentrado
1 xícara (chá) de suco de laranja
1 xícara (chá) de açúcar

MODO DE PREPARO

Você: Bata o creme de leite com o *cream cheese* e o açúcar até formar uma mistura cremosa.

Seu amor: Enquanto seu amor prepara o creme, hidrate a gelatina na água e dissolva no micro-ondas por 25 segundos.

Você: Misture a gelatina que seu amor preparou ao *cream cheese*. Forre o fundo de uma forma de aro removível com o pão-de-ló e despeje o creme.

Seu amor: Corte pedaços de Sonho de Valsa e espalhe-os na assadeira preparada por seu amor. Depois, leve-a à geladeira.

Você + Seu amor: Aguardem por 6 horas antes de desenformar. Aproveitem para dar um passeio no parque mais próximo de vocês.

Você: Agora chegou a hora de preparar a calda. Separe os morangos, os mirtilos, as framboesas, o suco de uva, o suco de laranja e o açúcar.

Seu amor: Em uma panela, misture todos os ingredientes que seu amor separou. Leve ao fogo até formar uma calda média. Espere esfriar e coloque sobre o cheesecake gelado.

Você + Seu amor: Preparem a mesa, sirvam e bom apetite!

Mil Folhas com Fios de Ovos

TEMPO DE PREPARO 2 HORAS E 50 MINUTOS **RENDIMENTO** 4 PORÇÕES

INGREDIENTES

1 xícara (chá) de leite condensado
1 xícara (chá) de leite
1 colher (sopa) de amido de milho
1 gema
1/2 xícara (chá) de creme de leite
3 placas de massa folhada de 16 cm x 16 cm
(pode comprar as placas prontas ou assar a massa folhada laminada cortada nessas medidas)
6 bombons Sonho de Valsa picados
1 e 1/2 xícara (chá) de fios de ovos
Açúcar de confeiteiro para polvilhar

MODO DE PREPARO

Você: Você começará essa receita preparando o creme. Em uma panela, coloque o leite condensado, o leite, o amido de milho, a gema e leve ao fogo, mexendo sempre, até engrossar. Deixe amornar e misture o creme de leite.

Seu amor: Depois do recheio pronto, é hora de montar o mil folhas da seguinte forma: coloque uma placa de massa em um prato, espalhe metade do creme já frio, metade do Sonho de Valsa picado e metade dos fios de ovos. Arrume outra placa de massa por cima e coloque o restante dos recheios.

Você: Para finalizar a montagem, ajude seu amor colocando a última placa de massa. Polvilhe o açúcar de confeiteiro e leve à geladeira por 2 horas antes de servir.

Você + Seu amor: 2 horinhas de espera? Que tal assistir aquele filme que vocês estavam querendo faz tempo?

Seu amor: Retire da geladeira e decore o prato para dar o toque final.

Você + Seu amor: Tudo pronto! Agora é hora de dividir um delicioso pedaço com seu amor.

Tiramisu na Taça

🕐 **TEMPO DE PREPARO** 2 HORAS E 35 MINUTOS   ✕ **RENDIMENTO** 4 PORÇÕES

INGREDIENTES

250 ml de creme de leite fresco gelado
150 g de *cream cheese*
3 colheres (sopa) de açúcar
1/2 pacote de biscoito champanhe
150 ml de café forte
4 bombons Sonho de Valsa picados
Cacau em pó para polvilhar

MODO DE PREPARO

Você: Na batedeira, bata o creme de leite fresco em ponto de chantili e reserve.

Seu amor: Bata o *cream cheese* com o açúcar e acrescente o chantili batido por seu amor, mexendo delicadamente.

Seu amor: Molhe os biscoitos champanhe rapidamente no café forte.

Você: Em um refratário pequeno, monte o tiramisu da seguinte forma: camada de biscoito umedecido, camada do creme, camada de bombons, camada de biscoito umedecido e camada do creme.

Seu amor: Por último, polvilhe o cacau em pó sobre a camada de creme. Deixe na geladeira por 2 horas antes de servir.

Você + Seu amor: Que tal um passeio juntinhos por 2 horinhas?

Você + Seu amor: Saboreiem juntinhos essa deliciosa sobremesa.

Cuplove

TEMPO DE PREPARO 6 HORAS E 25 MINUTOS **RENDIMENTO** 8 PORÇÕES

INGREDIENTES

1 xícara (chá) de iogurte natural
1 xícara (chá) de óleo
1 xícara (chá) de açúcar
2 ovos
2 colheres (chá) de essência de morango
Corante alimentício rosa a gosto
2 xícaras (chá) de farinha de trigo
1 colher (sobremesa) de fermento em pó

Recheio

12 bombons Sonho de Valsa

Cobertura

1/2 lata de leite condensado
1/2 colher (sopa) de manteiga
1 xícara (chá) de creme tipo chantili ou creme de leite fresco
Corante alimentício rosa a gosto

MODO DE PREPARO

Você: Nessa receita você será responsável pela massa. No liquidificador, bata o iogurte, o óleo, o açúcar, os ovos, a essência de morango. Vá adicionando o corante rosa até a mistura adquirir a cor desejada.

Seu amor: Enquanto seu amor prepara a massa, você cuidará da cobertura dos *cupcakes*. Em uma panela, coloque o leite condensado, a manteiga e leve ao fogo baixo, mexendo sempre, até começar a soltar do fundo da panela.

Você: Passe a mistura do liquidificador para uma tigela e junte a farinha de trigo e o fermento, misturando bem. Coloque a massa em forminhas de papel para *cupcake*, dentro de uma forma de metal para cupcake, enchendo 2/3 das forminhas com a massa.

Seu amor: Passe a mistura do recheio para um prato e deixe esfriar. Bata o creme tipo chantili gelado na batedeira até ficar na consistência de chantili e misture o brigadeiro branco já frio, batendo até ficar homogêneo. Adicione o corante até adquirir a cor desejada. Depois de pronta, deixe a cobertura de lado.

Você + Seu amor: Levem a massa ao forno preaquecido em temperatura média por 25 minutos. Usem o tempo para montar uma mesa especial para o lanche juntos.

Você: Retire os *cupcakes* do forno. Depois de frios, faça uma cavidade no centro de cada um deles e coloque os bombons inteiros de Sonho de Valsa nas cavidades. Cubra as cavidades com pedaços do bolo que foi retirado antes.

Seu amor: Coloque essa cobertura que você preparou em um saco de confeitar com bico pitanga e decore os *cupcakes*.

Você + Seu amor: Eles estão prontos! Agora, é só servir e curtir com seu amor.

Sonho de Chocolate Quente

🕐 **TEMPO DE PREPARO** 15 MINUTOS ✖ **RENDIMENTO** 2 PORÇÕES

INGREDIENTES

3 bombons Sonhos de Valsa picados
400 ml de leite
2 colheres (chá) de amido de milho
1/2 xícara (chá) de leite condensado
70 g de chocolate meio amargo picado
4 colheres (sopa) de creme de leite
1 colher (chá) de essência de conhaque
Chantili para servir

MODO DE PREPARO

Você: Primeiro de tudo, bata os bombons, o leite e o amido em um liquidificador.

Seu amor: Passe a mistura que seu amor preparou para uma panela e misture o leite condensado, o chocolate meio amargo e leve ao fogo, sem parar de mexer, até ferver.

Você: Desligue o fogo e misture o creme de leite e a essência de conhaque ao creme que já foi preparado.

Seu amor: Sirva em suas canecas preferidas e decore com um pouco de chantili.

Você + Seu amor: Aproveitem enquanto está quentinho!

Creme de Limão com Farofinha Doce

TEMPO DE PREPARO 4 HORAS E 50 MINUTOS **RENDIMENTO** 4 PORÇÕES

INGREDIENTES

Creme
1 lata de leite condensado
1/2 xícara (chá) de suco de limão
1 lata de creme de leite sem soro

Farofinha
5 bombons Sonho de Valsa
1/3 de xícara (chá) de nozes
1 colher (sopa) de leite em pó

MODO DE PREPARO

Você: Você será responsável por preparar o creme desta receita, enquanto seu amor fará a farofinha. Em uma tigela, misture o leite condensado com o suco de limão. Adicione o creme de leite e mexa. Reserve na geladeira.

Seu amor: No processador de alimentos, triture os bombons Sonho de Valsa com as nozes e passe para uma tigela. Adicione o leite em pó e reserve.

Você: Em taças ou copos, coloque as camadas de creme intercaladas com camadas de farofa. Deixe na geladeira até a hora de servir.

Você + Seu amor: Prontinho! Agora chegou a hora de saborear essa delícia gelada.

Brioche Delícia

🕐 **TEMPO DE PREPARO** 2 HORAS E 30 MINUTOS　　✂ **RENDIMENTO** 8 PORÇÕES

INGREDIENTES

1 tablete de fermento biológico (15 g)
2 e 1/2 colheres (sopa) de açúcar
1/4 de xícara (chá) de água morna
5 xícaras (chá) de farinha de trigo
1/2 xícara (chá) de leite morno
1/2 xícara (chá) de manteiga em temperatura ambiente
3 ovos
1 gema
1 colher (chá) de sal
4 bombons Sonho de Valsa cortados ao meio
1 gema batida para pincelar

MODO DE PREPARO

Você: Dissolva o fermento em uma colher (sopa) de açúcar e junte a água morna e uma colher (sopa) de farinha de trigo. Deixe descansar por 30 minutos até formar uma "esponja".

Seu amor: Adicione à "esponja" preparada pelo seu amor o leite, a manteiga, os ovos, a gema, o açúcar restante e o sal. Misture bem e vá acrescentando a farinha de trigo restante, aos poucos, até desgrudar das mãos.

Você: Sove a massa que seu amor preparou por 10 minutos e deixe crescer até dobrar o volume. Faça uma bolinha com a massa, achate-a, coloque meio bombom Sonho de Valsa no centro e feche, formando uma bola de massa.

Seu amor: Passe a bolinha de massa feita pelo seu amor para uma forma de *cupcake* ou *muffin* untada e enfarinhada e coloque outra bolinha de massa, bem menor, sobre a bola recheada. Repita essa operação até terminar a massa.

Você: Deixe crescer a massa na forma por 30 minutos em local quente e pincele a gema. Leve ao forno preaquecido em temperatura média.

Você + Seu amor: Aguardem 40 minutos para retirar do forno. Enquanto isso, aproveitem para namorar mais um pouquinho.

Você + Seu amor: Tudo pronto! Agora é só curtir os brioches e também o seu amor.

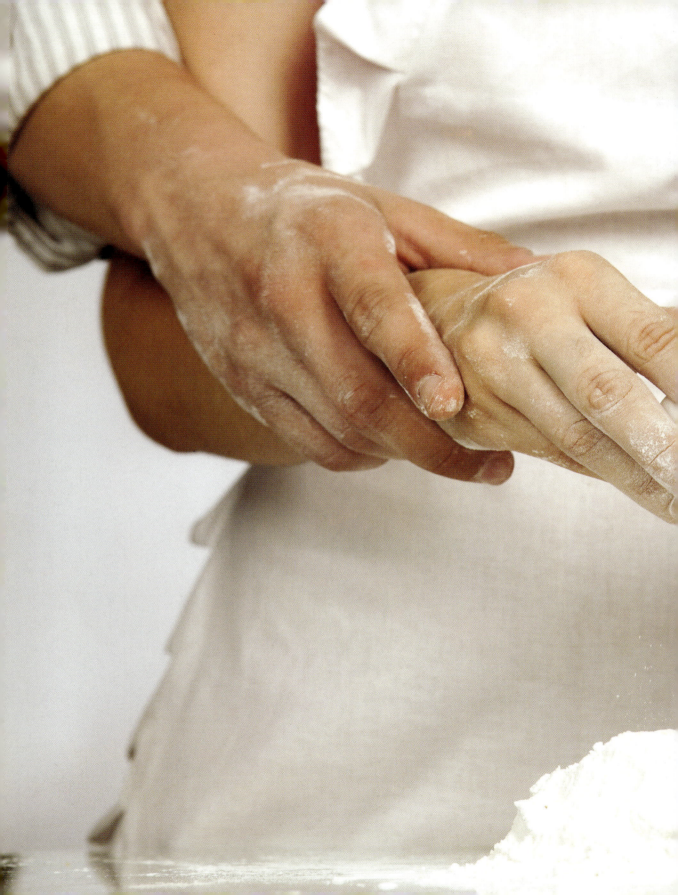

Mini Pudim do Amor

🕐 **TEMPO DE PREPARO** 6 HORAS   🍴 **RENDIMENTO** 8 PORÇÕES

INGREDIENTES

Calda
1 xícara (chá) de açúcar
1/2 xícara (chá) de água
1 colher (sopa) de chocolate em pó

Pudim
1 lata de leite condensado
2 medidas (da lata) de leite
6 bombons Sonho de Valsa
3 ovos
1 colher (chá) de essência de baunilha

MODO DE PREPARO

Você: Nessa receita você vai ser responsável pela calda. Em uma panela, coloque o açúcar e leve ao fogo para caramelizar.

Seu amor: Enquanto seu amor prepara a calda, você cuidará do pudim. Primeiro, coloque no liquidificador o leite condensado, o leite, os Sonhos de Valsa, os ovos e a essência de baunilha. Bata tudo até homogeneizar.

Você: Quando o açúcar derreter, junte a água misturada com o chocolate em pó. Espere desmanchar os grânulos de açúcar e formar uma calda não muito grossa. Coloque essa calda em mini formas de furo central e reserve.

Seu amor: Despeje a massa nas formas já caramelizadas e cubra com papel-alumínio. Leve ao forno preaquecido, em banho-maria, em temperatura média-baixa por 1 hora e 15 minutos.

Você + Seu amor: Que tal usar o tempo de espera para assistir um episódio do seriado preferido juntinhos?

Você: Deixe esfriar e leve à geladeira por 4 horas antes de desenformar.

Você + Seu amor: Ok, agora sobrou tempo para assistir vários episódios!

Seu amor: Sirva com a calda e surpreenda seu amor na decoração do prato.

Você + Seu amor: Pronto! Chegou a hora de saborear essa delícia!

Pastel Recheado de Sonho

🕐 **TEMPO DE PREPARO** 30 MINUTOS ✖ **RENDIMENTO** 4 UNIDADES

INGREDIENTES

4 quadrados de massa para pastel
1 banana prata cortada em rodelas
2 bombons Sonho de Valsa picados
Canela em pó a gosto
Óleo para fritar

MODO DE PREPARO

Você: Prepare os quadrados de massa para pastel. Em cada um deles, coloque uma porção de banana e de Sonho de Valsa e polvilhe com canela em pó.

Seu amor: Ajude seu amor fechando cada um dos pastéis, apertando as bordas com um garfo.

Você: Enquanto seu amor termina os pastéis, prepare um recipiente com óleo para fritá-los

Seu amor: Frite os pastéis em imersão no óleo quente até ficarem dourados. Escorra em papel toalha e sirva a seguir.

Você + Seu amor: Saboreiem juntinhos.

Sanduíche de Sorvete

🕐 **TEMPO DE PREPARO** 1 HORA E 30 MINUTOS 🍴 **RENDIMENTO** 2 PORÇÕES

INGREDIENTES

5 bombons Sonho de Valsa
10 biscoitos de chocolate
8 nozes
1 colher (chá) de manteiga
4 bolas de sorvete no sabor de sua preferência
Calda de caramelo a gosto

MODO DE PREPARO

Você: No processador de alimentos, coloque os Sonhos de Valsa, os biscoitos de chocolate, as nozes e a manteiga. Triture tudo até formar uma farofa.

Seu amor: Dentro de um aro de 8 cm, coloque um quarto da farofa de Sonho de Valsa e aperte bem. Por cima da farofa, coloque duas bolas de sorvete e finalize com mais um quarto da farofa.

Você: Enquanto seu amor finaliza o primeiro sanduíche, faça um segundo repetindo o mesmo processo com os ingredientes restantes.

Você + Seu amor: Levem os sanduíches ao freezer por 1 hora. Aproveitem o tempo para lembrar como foi o primeiro encontro.

Seu amor: Retire do freezer após 1 hora e decore com calda de caramelo.

Você + Seu amor: Estão prontos! Agora, é só servir para dois e curtir esse prato refrescante e cheio de sabor.

Escondidinho de Valsa

⏱ **TEMPO DE PREPARO** 1 HORA E 15 MINUTOS ✸ **RENDIMENTO** 8 PORÇÕES

INGREDIENTES

2 colheres (sopa) de amido de milho
500 ml de leite
1 gema
1 lata de leite condensado
2 embalagens *cream cheese* (300 g)
15 bombons Sonho de Valsa bem picados
2/3 de xícara (chá) de coco em flocos

MODO DE PREPARO

Você: Dissolva o amido de milho no leite e coloque em uma panela junto com a gema peneirada e o leite condensado. Leve ao fogo e cozinhe até que o creme ferva e engrosse, mexendo sempre.

Seu amor: Deixe esfriar a mistura preparada pelo seu amor e bata na batedeira com o *cream cheese*. Espere esfriar.

Você: Em uma tigela ou potes individuais, coloque o Sonho de Valsa misturado com o coco em flocos e distribua por cima o creme com cream cheese preparado pelo seu amor.

Você + Seu amor: Tudo pronto! Aposto que está uma delícia!

Brigadeirão

TEMPO DE PREPARO 1 HORA E 25 MINUTOS **RENDIMENTO** 8 PORÇÕES

INGREDIENTES

1 lata de leite condensado
8 bombons Sonho de Valsa
4 ovos
2 caixinhas de creme de leite
Bombons Sonho de Valsa a gosto para decorar

MODO DE PREPARO

Você: Bata o leite condensado no liquidificador junto com os bombons Sonho de Valsa, os ovos e o creme de leite. Despeje em uma forma de furo central untada com manteiga e polvilhada com açúcar.

Seu amor: Cubra a mistura preparada por seu amor com papel-alumínio e leve ao forno preaquecido em banho-maria em temperatura média.

Você + Seu amor: Esperem por 1 hora e 15 minutos. Que tal usarem o tempo para planejar a próxima viagem que vocês vão fazer a dois?

Você: Retire do forno, deixe esfriar e desenforme o brigadeirão em um prato de servir.

Seu amor: Para finalizar, decore o brigadeirão com Sonhos de Valsa.

Você + Seu amor: Aproveitem!

Cestinha de Bombom

🕐 **TEMPO DE PREPARO** 40 MINUTOS ✕ **RENDIMENTO** 4 PORÇÕES

INGREDIENTES

2 folhas de massa filo
Manteiga sem sal em temperatura ambiente para pincelar
1 banana
2 bombons Sonhos de Valsa
1 xícara (chá) de leite
2 colheres (sopa) de açúcar
3 colheres (chá) de farinha de trigo
Folhas de hortelã para decorar

MODO DE PREPARO

Você: Corte as folhas de massa filo em quadrados de 9 cm e pincele os dois lados com a manteiga. Coloque dois quadrados da massa em cada forminha para empada de metal, deixando as pontas desalinhadas. Leve ao forno preaquecido em temperatura média-baixa até dourar as pontas das massas.

Seu amor: Enquanto seu amor prepara a massa, você vai ser responsável pelo recheio. No liquidificador, bata a banana, os Sonhos de Valsa, o leite, o açúcar e a farinha de trigo. Passe para uma panela e leve ao fogo, mexendo sempre, até engrossar.

Você: Retire a massa do forno e deixe esfriar. Coloque o creme de banana e bombons que seu amor preparou dentro das cestinhas de massa.

Seu Amor: Para completar, decore as cestinhas com folhas de hortelã.

Você + Seu amor: Agora, a receita está pronta para servir a dois. Estará uma delícia!

Milk-shake Mais Amor

🕐 **TEMPO DE PREPARO** 10 MINUTOS 🍴 **RENDIMENTO** 4 PORÇÕES

INGREDIENTES

6 bombons Sonho de Valsa
2 xícaras (chá) de leite
8 bolas de sorvete de creme
3 colheres (sopa) de leite condensado
Cobertura de chocolate para sorvete a gosto
Chantili para decorar

MODO DE PREPARO

Você: Comece picando quatro Sonhos de Valsa em pedaços médios.

Seu amor: Coloque leite, sorvete de creme, leite condensado e os quatro bombons picados em seu liquidificador. Bata por cerca de 1 minuto.

Você: Enquanto seu amor prepara o *milk-shake* no liquidificador, decore os copos com cobertura, espalhando-a por todos os copos.

Seu amor: Despeje o *milk-shake* em cada um dos copos. Então, complete-os com uma camada de chantili.

Você: Pique os dois bombons restantes em pequenos pedaços e decore os copos.

Você + Seu amor: Sirva geladinho para brindar com seu amor.

Torta de Nozes

🕐 **TEMPO DE PREPARO** 1 HORA E 30 MINUTOS   ✗ **RENDIMENTO** 10 PORÇÕES

INGREDIENTES

Massa

1 e 1/2 xícara (chá) de farinha de trigo
2 colheres (sopa) de gérmen de trigo
1/4 de tablete de manteiga sem sal gelada e
cortada em cubos (50 g)
2 colheres (sopa) de açúcar mascavo
1 pitada de canela em pó
1 pitada de noz-moscada
5 colheres (sopa) de água gelada
1/2 colher (chá) de essência de nozes

Recheio

1/2 xícara (chá) de açúcar demerara
1/4 de xícara (chá) de água
2/3 de xícara (chá) de creme de leite
1 colher (sopa) de melado de cana
1 e 1/2 xícara (chá) de nozes-pecã
5 bombons Sonho de Valsa picados

MODO DE PREPARO

Você: Nessa receita você cuidará da massa. Em uma tigela, misture uma xícara (chá) de farinha de trigo, o gérmen de trigo, a manteiga, o açúcar mascavo, a canela e a noz-moscada. Misture até virar uma farofa.

Seu amor: Enquanto seu amor prepara a massa, você cuidará do recheio. Misture o açúcar com a água em uma panela e, em fogo médio, cozinhe a calda por aproximadamente 4 minutos. Junte o creme de leite e misture bem. Desligue o fogo.

Você: Junte com a farofa a água, a essência de nozes e misture bem com os dedos. Vá acrescentando o restante da farinha e amasse até virar uma massa. Faça uma bola, enrole em papel filme e leve à geladeira por 20 minutos.

Seu amor: Seguindo com o recheio, acrescente no conteúdo da panela o melado de cana e as nozes picadas.

Você: Retire a massa da geladeira, abra com um rolo e forre o fundo e lateral (até o meio) de uma forma de aro removível pequena. Fure a massa com um garfo, cubra com papel-manteiga e leve para assar em forno preaquecido em temperatura média por 15 minutos.

Você + Seu amor: Enquanto esperam, que tal uma *selfie* para registrar o dia?

Você: Retire a massa do forno, retire o papel-manteiga e deixe esfriar.

Seu amor: Espalhe os bombons Sonho de Valsa sobre a massa e desepeje o recheio de nozes. Asse em forno preaquecido em temperatura média por 20 minutos. O recheio deve ficar borbulhando. Espere esfriar para servir.

Você + Seu amor: Tudo pronto! Saboreiem essa sobremesa após um jantar romântico.

Charlotte

⏱ **TEMPO DE PREPARO** 4 HORAS　　　✖ **RENDIMENTO** 8 PORÇÕES

INGREDIENTES

1 caixa de biscoitos champanhe
1 lata de leite condensado
1 medida (da lata) de leite
2 gemas
2 colheres (sopa) de amido de milho
200 g de chocolate meio amargo picado
1/2 envelope de gelatina incolor sem sabor
3 colheres (sopa) de água
2 xícaras (chá) de chantili
6 bombons Sonho de Valsa picados em tamanho médio
6 bombons Sonho de Valsa bem picados
Cerejas em calda a gosto

MODO DE PREPARO

Você: Em uma forma redonda pequena e alta, arrume os biscoitos em pé, na lateral (corte a parte de baixo arredondada para ficar em pé mais facilmente). Forre o fundo da forma com o biscoito também e reserve.

Seu amor: Enquanto seu amor prepara os biscoitos, em uma panela, coloque o leite condensado, o leite, as gemas, o amido de milho e o chocolate. Leve ao fogo, mexendo sempre, até ferver e engrossar.

Você: Agora, hidrate a gelatina na água e misture ao creme quente até dissolver completamente. Deixe esfriar e misture o chantili.

Seu amor: Despeje metade do creme que você preparou na forma com os biscoitos e espalhe Sonhos de Valsa picados em tamanho médio.

Você: Despeje a outra parte do creme e distribua o Sonho de Valsa, dessa vez bem picados, por cima.

Seu amor: Decore com as cerejas e leve à geladeira por 3 horas antes de servir.

Você + Seu amor: Que tal sair para tomar um ar fresco enquanto esperam? Aproveitem esse tempinho a dois!

Você + Seu amor: Saboreiem essa receita sem pressa.

Muffins dos Apaixonados

TEMPO DE PREPARO 1 HORAS   **RENDIMENTO** 7 PORÇÕES

INGREDIENTES

3 colheres (sopa) de manteiga com sal em temperatura ambiente
1 xícara (chá) de açúcar
1 ovo
1/4 de xícara (chá) de amêndoas picadas grosseiramente
1 colher (chá) de canela em pó
1 pitada de noz-moscada
1 colher (chá) de pimenta-da-jamaica em pó
200 g de iogurte natural
1 e 1/4 de xícara (chá) de farinha de trigo
2 colheres (chá) de fermento em pó
4 bombons Sonho de Valsa picados

MODO DE PREPARO

Você: Bata a manteiga com o açúcar até a mistura ficar cremosa e junte o ovo.

Seu amor: Bata mais um pouco a mistura feita pelo seu amor e adicione as amêndoas, a canela, a noz-moscada, a pimenta-da-jamaica, o iogurte, a farinha de trigo, o fermento e os bombons Sonho de Valsa.

Você: Coloque a massa que seu amor preparou em forma para *muffins* untada e enfarinhada e leve ao forno preaquecido em temperatura média.

Você + Seu amor: Aguardem 30 minutos. Enquanto isso, que tal relembrar os detalhes de quando vocês se conheceram? Após esse tempinho, retirem do forno e desenformem.

Você + Seu amor: Aproveitem para se deliciarem com os *muffins* quentinhos.

Ice Cream Cheese

⏱ **TEMPO DE PREPARO** 2 HORAS E 20 MINUTOS ✖ **RENDIMENTO** 2 PORÇÕES

INGREDIENTES

1 e 1/2 pote de *cream cheese* (225 g)
1/2 xícara (chá) de creme de leite fresco
1/2 xícara (chá) de açúcar
1/2 colher (chá) de essência de conhaque
4 bombons Sonho de Valsa picados
Calda de caramelo para sorvete a gosto

MODO DE PREPARO

Você: Na batedeira, coloque o *cream cheese*, o creme de leite, o açúcar e a essência de conhaque. Bata até formar um creme espesso.

Seu amor: Misture o Sonho de Valsa ao creme preparado pelo seu amor e leve ao freezer.

Você + Seu amor: Aguardem por 2 horas, no mínimo. Enquanto isso, aproveitem para conhecer um lugar diferente na cidade de vocês.

Você + Seu amor: Coloquem no sorvete a calda de caramelo. Aproveitem para se refrescar com essa delícia em um dia quente!

Crumble de Peras

TEMPO DE PREPARO 1 HORA **RENDIMENTO** 2 PORÇÕES

INGREDIENTES

Recheio
1/2 colher (sopa) de açúcar refinado
1 pera descascada
1/2 colher (sopa) de suco de limão
1 pitada de canela em pó
2 bombons Sonho de Valsa picados

Cobertura
2 colheres (sopa) de farinha de trigo
1/2 colher (sopa) de açúcar mascavo
1 pitada de sal
2 colheres (sopa) de açúcar refinado
1 e 1/2 colher (sopa) de manteiga gelada cortada em cubos
1/4 de xícara (chá) de aveia em flocos

MODO DE PREPARO

Você: Nessa receita você será responsável pelo recheio. Em uma tigela, misture o açúcar, a pera picada, o suco de limão, a canela em pó e o Sonho de Valsa. Coloque em mini tigelas e reserve.

Seu amor: Em uma tigela, misture a farinha de trigo, o açúcar mascavo, o sal, o açúcar refinado, a manteiga e a aveia em flocos. Mexa com as pontas dos dedos até formar uma farofa. Despeje essa farofa sobre as peras e os bombons que seu amor preparou. Leve ao forno preaquecido em temperatura média.

Você + Seu amor: Aguardem por 25 minutos ou até a superfície ficar dourada. Liguem o som e coloquem suas músicas preferidas para curtir enquanto esperam.

Você + Seu amor: Tire do forno e está pronto para servir. Aproveitem!

Torta Mousse Romântica

🕐 **TEMPO DE PREPARO** 4 HORAS E 50 MINUTOS   ✖ **RENDIMENTO** 8 PORÇÕES

INGREDIENTES

120 g de biscoito de leite triturado
4 bombons Sonho de Valsa triturados
3 colheres (sopa) de manteiga sem sal em temperatura ambiente
1 lata de leite condensado
2 xícaras (chá) de morangos
1 lata de creme de leite sem soro
1 envelope de gelatina incolor sem sabor (12 g)
5 colheres (sopa) de água
1 xícara (chá) de chantili

Coulis
2 xícaras (chá) de morangos picados
5 colheres (sopa) de açúcar

MODO DE PREPARO

Você: Misture o biscoito, os bombons Sonho de Valsa e a manteiga até formar uma farofa.

Seu amor: Forre o fundo de uma forma de aro removível pequena com a farofa feita pelo seu amor, apertando bem com as mãos. Leve ao forno preaquecido em temperatura média por 15 minutos e retire, deixando esfriar.

Você: No liquidificador, bata o leite condensado com os morangos e o creme de leite sem soro.

Seu amor: Hidrate a gelatina na água, leve ao micro-ondas por 25 segundos para dissolver e misture ao creme de morangos preparado pelo seu amor. Adicione o chantili, mexendo delicadamente.

Você: Despeje o creme obtido sobre a massa já fria e leve à geladeira.

Você + Seu amor: Aguardem por 4 horas para desenformar. Durante esse tempo, assistam aquele filme novo que ainda não assistiram.

Você: Para preparar o coulis, bata no liquidificador os morangos com o açúcar e cubra a torta.

Você + Seu amor: Tudo pronto! Agora é só saborear essa delícia do ladinho do seu amor.

Profiterolis Agarradinhos

🕐 **TEMPO DE PREPARO** 1 HORA E 30 MINUTOS   ✂ **RENDIMENTO** 5 PORÇÕES

INGREDIENTES

Massa
1 e 1/2 xícara (chá) de água
1 pitada de açúcar
1 pitada de sal
75 g de manteiga
1 e 1/2 xícara (chá) de farinha de trigo
4 ovos

Recheio
1/2 lata de leite condensado
3/4 de xícara (chá) de leite
2 colheres (sopa) de amido de milho
1 gema
100 g de chocolate branco picado
1/2 lata de creme de leite
5 bombons Sonho de Valsa picados

MODO DE PREPARO

Você: Nessa receita você cuidará da massa. Para começar, coloque a água, o açúcar, o sal e a manteiga em uma panela. Espere ferver e junte toda a farinha de trigo de uma vez. Misture e cozinhe por 3 minutos.

Seu amor: Enquanto seu amor prepara a massa, você cuidará do recheio. Primeiro, leve ao fogo o leite condensado junto com o leite, o amido e a gema. Cozinhe, mexendo sempre, até ferver e engrossar.

Você: Coloque a massa que você preparou na batedeira e vá acrescentando os ovos, um a um, até ficar maleável. Em seguida, coloque a massa em um saco de confeitar com bico pitanga.

Seu amor: Retire a panela do fogo, acrescente o chocolate e mexa bem até derreter completamente. Acrescente o creme de leite e espere esfriar.

Você: Modele os profiterolis em uma assadeira forrada com papel-manteiga untado. Leve para assar em forno preaquecido em temperatura média por 20 minutos ou até que estejam dourados.

Você + Seu amor: Que tal escutar uma música para passar o tempo enquanto esperam?

Seu amor: Abra os profiterolis que seu amor preparou ao meio e recheie com o creme e pedaços de Sonho de Valsa.

Você + Seu amor: Aproveitem essa sobremesa. Ela vai roubar o coração de vocês!

Naked Cake Sonho de Valsa

🕐 **TEMPO DE PREPARO** 1 HORA E 50 MINUTOS   ✗ **RENDIMENTO** 18 PORÇÕES

INGREDIENTES

Massa

8 ovos
1 e 1/2 xícara (chá) de leite
1 e 1/4 de xícara (chá) de óleo
1 colher (chá) de essência de baunilha
2 e 1/4 de xícara (chá) de açúcar mascavo
2 e 3/4 de xícara (chá) de farinha de trigo
1/2 xícara (chá) de cacau em pó
1 colher (chá) de bicarbonato de sódio
2 colheres (chá) de fermento em pó
1 pitada de sal

Recheio

450 g de *cream cheese*
1 xícara (chá) de açúcar de confeiteiro
1/2 xícara (chá) de chantili

1/2 xícara (chá) de framboesas
1/2 xícara (chá) de amoras
1/2 xícara (chá) de morangos picados
1 xícara (chá) de bombons Sonho de Valsa picados

Cobertura

1/2 xícara (chá) de creme de leite fresco
1 colher (sopa) de glicose de milho
300 g de chocolate picado
1 colher (chá) de essência de conhaque
1 colher (sopa) de manteiga gelada cortada em cubos
1/2 xícara (chá) de framboesas
1/2 xícara (chá) de amoras
1/2 xícara (chá) de morangos picados
1 xícara (chá) de bombons Sonho de Valsa picados

MODO DE PREPARO

Você: Nessa receita, você será responsável pela massa. Unte com manteiga duas formas redondas iguais, corte dois pedaços de papel-manteiga do mesmo diâmetro da forma e forre o fundo da mesma. Unte o papel-manteiga também e polvilhe tudo com cacau em pó.

Seu amor: Enquanto seu amor prepara a massa, você cuidará da cobertura do bolo. Ferva o creme de leite com a glicose de milho. Coloque sobre o chocolate dentro de uma tigela e mexa até formar um creme liso. Acrescente a essência de conhaque e a manteiga gelada. Misture novamente até ficar homogêneo. Guarde.

Você: Em uma tigela, misture os ovos, o leite, o óleo, a baunilha e o açúcar mascavo. Peneire sobre essa mistura, a farinha de trigo, o cacau, o bicarbonato, o fermento e o sal. Misture bem e distribua a massa, igualmente, entre as duas formas.

Seu amor: Agora, você preparará o recheio: na batedeira, bata o *cream cheese* e o açúcar até formar uma mistura cremosa. Incorpore o chantili e reserva na geladeira.

Você + Seu amor: Levem as massas ao forno preaquecido em temperatura média por 50 minutos. Aproveitem esse tempo para rever as fotos da última viagem que fizeram.

Você: Retire os bolos do forno, espere esfriar e desenforme. Retire o papel-manteiga e corte a parte de cima de cada bolo para que eles fiquem retos.

Seu amor: Chegou a hora de montar o bolo. Para isso, espalhe o creme do recheio em uma das partes da massa e distribua as frutas e os bombons do recheio. Coloque o segundo bolo por cima e espalhe a cobertura.

Você: Ajude seu amor no preparo do bolo decorando com as frutas e os bombons picados.

Você + Seu amor: Pronto! Agora é só servir e curtir um merecido pedaço depois de todo o trabalho.

Panetone Enamorado

🕐 **TEMPO DE PREPARO** 3 HORAS E 20 MINUTOS   ✖ **RENDIMENTO** 18 PORÇÕES

INGREDIENTES

3 tabletes de fermento biológico (45 g)
1/2 lata de leite condensado
500 g de farinha de trigo, aproximadamente
2 colheres (sopa) de água morna
1/2 tablete de manteiga em temperatura ambiente (100 g)
3 ovos
1 pitada de sal
1 colher (chá) de essência de panetone
10 bombons Sonho de Valsa cortados em pedaços médios

MODO DE PREPARO

Você: Em uma tigela, dissolva o fermento em duas colheres (sopa) de leite condensado e adicione uma colher (sopa) de farinha de trigo e a água. Deixe essa mistura crescer por 30 minutos em local aquecido.

Seu amor: Na batedeira, bata a manteiga com o leite condensado restante até ficar cremoso. Reserve. Na batedeira novamente, bata os ovos até espumarem.

Você: Adicione o sal, a essência de panetone e a mistura crescida de fermento. Retire da batedeira e acrescente a farinha de trigo restante, aos poucos, intercalada com a manteiga batida, mexendo bem a cada adição.

Seu amor: Quando a massa estiver num ponto mole, grudando nas mãos, deixe-a crescer até dobrar o volume, em local aquecido. Depois de crescida, misture os Sonhos de Valsa picados à massa.

Você: Coloque a massa em forma de papel para panetone ou em forma redonda e alta, iguais às formas de suflê. Deixe crescer novamente e leve ao forno preaquecido em temperatura média por 40 minutos.

Você + Seu amor: Que tal passar o tempo ouvindo uma *playlist* com suas músicas preferidas?

Seu amor: Retire do forno, corte e sirva à mesa.

Você + Seu amor: Tudo pronto! Saboreiem a dois.

BOCCATO BOOKS

CONSELHO EDITORIAL: LÚCIA LOURO / ANÉSIO FASSINA / ANDRÉ BOCCATO
EDIÇÃO: ANDRÉ BOCCATO
COORDENAÇÃO EDITORIAL: JOSEANE CARDOSO
GESTÃO EMPRESARIAL: LUIZ G. C. ZANCANER / RODRIGO PIZA
PROJETO GRÁFICO: EMILIANO BOCCATO
DIREÇÃO ADMINISTRATIVA: MARIA APARECIDA C. RAMOS
COORDENAÇÃO DE PRODUÇÃO: ARTURO KLEQUE GOMES NETO
REVISÃO DE TEXTO: PONTO A – COMUNICAÇÃO E CONTEÚDO
COZINHA EXPERIMENTAL: ALINE LEITÃO
FOTOGRAFIAS DAS RECEITAS: CRISTIANO LOPES
PRODUÇÃO FOTOGRÁFICA: DENISE GUERSCHMAN / AIRTON PACHECO
© BOCCATO BOOKS

WWW.BOCCATOBOOKS.COM
BOCCATOBOOKS@BOCCATOBOOKS.COM
(11) 3846-5141

AV. QUARTO CENTENÁRIO, 1540 – VILA NOVA CONCEIÇÃO – CEP: 04030-000. SÃO PAULO – SP – BRASIL

As fotografias deste livro são ensaios artísticos, não necessariamente reproduzindo as proporções e realidade das receitas, as quais foram criadas e testadas pela cozinha experimental da Boccato Books, porém, sua efetiva realização será sempre uma interpretação pessoal dos leitores.

Milene Michielon de Souza - CRB 14/1380

B630d Boccato, André

    Doces Receitas: para fazer a dois / **André Boccato**.
São Paulo: Boccato, 2015.
    64 f. ; il.

    ISBN- 978-85-5587-001-9

    1. Doces. 2. Culinária. 3. Receitas. I. Boccato,
    André. II. Título

CDD- 641.5